愛することば　あなたへ

長く生きて、
愛についてわかったこと

人はなぜこの世に生きているのでしょう。

それは愛するためです。

愛する人にめぐりあうために、人はこの世に生れだされます。

けれども、会うは別れの始めということばもあります。出逢ったものは、人でも物でも必ずいつか別れがやってきます。別れはさみしく、辛いものです。けれども人として生まれた以上、辛い別れに出逢わない人間などいないのです。

お釈迦さまは、「この世は苦だ」とおっしゃいました。苦しむために人はこの世に生れるのでしょうか。人間の生きる苦しみは四苦八苦と呼ばれます。人間は苦しむためにだけ、この世に生れてきたのでしょうか。いいえ、そんなことはありません。この世で苦しみにあう度、人間の心はきたえられ、ねられ、強くなります。自分が苦しんだことによって他者の苦しみが想像できます。自分が辛かったことをかえりみて、他者の苦しみを少しでもやわらげてあげたいと思います。これが「思いやり」で「思いやり」こそが愛なのです。健康な人は身体の弱い人の苦しさがわかりません。生れつき裕福な家庭に育った人は、貧乏な人の辛さが想像出来ません。つまり想像力に乏しくて思いやる能力がありません。想像力と思いやりのない人は、「愛」に縁がないのです。

人は愛するために生れてきたのです。

愛とは自分以外の人の心を想像し、その願いを叶えてあげたいと思うやさしさです。

九十六歳も長生きして、今、わかったことは、愛とは許すことだということです。

私たちはひとりひとりが常に目に見えない大いなるもの、神とか仏というものに許されて生きているのです。

そのことに気付き感謝を忘れぬようにしましょう。お釈迦さまは亡くなる時、

「この世は美しい

人の心は甘美である」

とおっしゃいました。この世は苦だと認識されながら、こんな美しい言葉を私たちに残して下さいました。この甘美なこの世で、私たちは幸福になる権利があるのです。

人を愛し、思いやり、許し、許されて幸福に生きましょう。この本があなたの生きてゆく道しるべになってくれると幸いです。

二〇一八年四月吉日

瀬戸内寂聴

愛することば　あなたへ

目次

一　男と女

人間は誰かを愛するために生きています。しかし、誰かを愛した瞬間から苦しみが伴《ともな》います。だからといって、苦しいから愛さないというのは間違いです。

本当に命がけで恋をする人には、だれも文句をいえませんよ。
——たとえそれが人の道にはずれるとしても。

恋とは所詮、忍ぶ恋のみに恋の醍醐味《だいごみ》があるのであり、
許されぬ恋にこそ至福の肉欲の情味がもたらされるのである。

人間の心は移ろい易いものだし、情熱は必ず衰えるものだ。恋の永遠性などはある筈がない。しかし、恋の終わったところから愛は芽生える。これは人間を移ろい易く出来そこないにつくってしまった造物主が考えだした窮余《きゅうよ》の一策《いっさく》としてつけたおまけではなかっただろうか。

相手の我執《がしゅう》を許せるのが愛。愛があったら多少のことは許せますが、それが許せないというのは、もう愛がなくなった証拠。

純愛は全部失うんです。暮らし、お金、社会的地位、他者からの尊敬……、純愛を貫こうとすれば、そのすべてを失うんです。世間から非難され、家族から見限られるんです。それくらいの覚悟がないと、純愛だなんていってはいけません。

恋に落ちるのは、突然雷に打たれるようなもの。雷を避けられないのと同じで、自分ではどうしようもないことなのです。ですから、周りがとやかく言ってもしかたがありません。みんなが裁判官のように人を裁こうとする世の中は、とても窮屈で不自由だと思います。自分が不倫に走るかもしれない、自分の子どもがするかもしれない。雷に打たれた人のことを非難しているけれど、あなた自身が打たれた時どうするのか、それを考えてみてはどうでしょうか。

恋をしている時、
女は年齢と関係なく輝いています。
たとえその恋に出口がなく
袋小路に追いつめられて苦しんでいる時でも、
心をしばりあげるような感情を抱いている時、
女は緊張感で美しく見えるものです。

夫婦の形は千差万別。あなたが理解できない夫婦の愛もあるのです。

私は人の恋の永遠を信じることは出来ない。しかし人の恋は愛に育てることが出来て、その愛はもしかしたら永遠を約束してくれるものかもしれないと思うようになってきた。

恋を得たことのない人は不幸である。

それにもまして、恋を失ったことのない人はもっと不幸である。

多く傷つくことは、多く愛した証《あかし》である。

私も死ぬまで恋をしようと思う。それはやがて肉体を超えた愛に至るだろう。その時、私は過ぎ去った恋の数々の想い出をふりかえりながら、多く烈しく愛した生涯に悔いなくおだやかな死を迎える準備を心に持つだろう。

男と女の出逢いの重さといっても、つまりは、人間と人間の出逢いの重さである。

人はいたるところで出逢う。重要なのはこの日常茶飯の出逢いをどのように自分の実人生に繰り込み、深い有縁のものと消化し、血と肉にして、自分と同時に他者の人生を肥《こ》えふとらせていくかという心構えと、生活技術ではないだろうか。

追えば逃げる。退《ひ》けば追ってくる。

男と女の愛の行手《ゆくて》に必ずひかえている別れは、生別もあれば死別もある。そのどちらに苦悩の度が深いかは、愛の形によって千差万別であるが、生別はさけられても死別はさけられないことから、人は死別にはあきらめを持つことが出来よう。愛する人の手の中で死にたいと願い、愛する人を自分の手の中で逝《ゆ》かせたいと思うのは、愛の究極のエゴイズムであり、最も強い愛の証しの心情ともいえる。所詮、男も女も、自分の死をゆだねる相手を需《もとめ》て精神の彷徨《ほうこう》をつづけているにすぎない。世の中の妻という立場の女が、夫にしばしば裏切られながらも、妻の座を守ろうとするのは、夫の死を見送るのは夫のどの女でもない自分だという自負心と安心に支えられているからである。

私はこれまでの生涯で、何度か、男を裏切ってきましたが、今になって考えると、裏切った人を決して嫌でたまらなくなったのではなく、変心した自分への罰のように別れて、不安で難の多い新しい恋の方に走ったように思われます。

何度かの苦い経験で、もうわかりきっている火種には近づくまい、火をつけまいと要心《ようじん》するのに、ついその要心がきれて、気がついたら、またしても恋の火の手が上ってしまうのが人の世の恋のようである。

恋愛なんていうのは、もう理屈じゃないからね。執着っていうのは煩悩の非常に強いものだから、やっぱり執着を断たないとダメだと思います。今よりももっと苦しみたくなければ決断しなくては。道ならぬ恋はいつまでも続くはずがありません。

もちろん嫉妬の苦しみの中にも学ぶことはたくさんあります。それを十分苦しんだら、そこからなにか得られますよね。絶望かもしれないですが、そこから人間というのは本当にしようがないものだなと思うかもしれないし、自分は本当にこういう煩悩に苦しめられる愚かな者だなと思うかもしれないけれど、やはりなにか学ぶでしょう。それで、二度と人を愛さないと決めても、懲りない人間はまた愛します。

でも私は、一生だれも愛さなくて、一度も苦しまないで死ぬ人よりも、やはり愛して苦しんで、何度も何度も苦しんだ人のほうが、死ぬときに生きた感じがあると思います。愛するためにこの世に送りだされたのですから。

覚悟のない恋愛はだめなんです。

恋愛問題とか夫婦問題の多くは、毎週欠かさず会っていたのが月に一度になったとか、一緒に暮らしているのに、なかなか帰ってこないとか、そういう悩みから始まります。そういうときは、追いかけたら逃げられる。逃げ出したなぁと思ったら、本当は追いかけたくても知らん顔をして、自分のほうから背中を見せて逃げる格好をしてください。そうしたら、相手が気になって追いかけてくる。これは人生のマル秘テクニック（笑）。欲望から離れたフリをするだけで、何か欲しいものが向こうからやって来るのです。素敵な恋人も、エルメスのバッグさえも。

恋愛に目的はないですね。恋愛の目的を社会的に言えば、結婚につながってもつながらなくても、結局、子孫繁栄ですね。目的があるとすれば、種族保存の本能じゃないですか。

男っていうのはね、うぬぼれているから女は浮気しないと思っているんですよ。しょっちゅう亭主に裏切られている女の人が泣いてきたから、一度あなたもやりなさいって言ったんですよ。いかに浮気とか情事とかがつまらないものかっていうことがわかるからと。そうしたらほんとうにした人がいるんですよ。まさかと思っていたら「やりました」って。で、どうだったのって訊《き》いたらね、「ほんとにつまらないもんでした」って言いましたよ。あんなことをして喜んでいるのかと思ったら、まあ、いいやと思いましたって。それぐらいでね、いいんですよ。

「恋をしたい」と思いなさい。花でもいい匂いを出さないと蝶も寄って来ません。若くして髪型も変えてみなさい。服も、赤いものでもなんでも着て、人から「どうしたの？　急に化粧が濃くなったね」と言われても放っておきなさい。自分のしたいようにしなさい。あなたは自分の魅力を押し込んでいます。それを開放してあげなさい。

英雄色《いろ》を好むということばは、何かめざましい仕事をするくらいの活力のある男は、生命力も人並み外れて豊かで、女を愛することも人並み外れて情熱的にならざるを得ない、という説明のような気がするが、男と女の愛しあう心の根には種族保存の願望がひそんでいるのだから、生命力と情熱が自然に一致するのは致《いた》し方《かた》のない因果《いんが》のように思われる。

女はよく、男に捨てられたといいますが、それは捨てられたと思うことが間違っていて、あとでちゃんと計算すれば五分五分です。捨てられるだけの理由が自分にもあるのです。それは認めなければだめ。この方の場合、相手が裏切ったけれども、それを裏切らせるだけの油断があったともいえる。すべて五分五分です。あっちが悪くてこっちがよくて、こっちがよくてあっちが悪いということは、絶対ないです。

出逢いが心にいつまでも残る男よりも別れ方が心に沁《し》みついている男の方が、時が経ってしまうと、本当の愛が深かったのではないかと思えるようになってきた。

これは私が年をとったという証拠かもしれない。

私が出家をする原因になった男も、私と別れた後、まだ五十代で自殺しました。直接の原因に私はなっていませんけれど、彼の若い時、私との恋愛がなければ、彼はもっと安穏な平凡な人生が送れたのではないかと思うと、かわいそうでなりません。私はすでに出家していましたが、自殺の報《しら》せを受けた時、ああ、私はこの男を弔《とむら》うために出家していたのかと、つくづく思いました。

許せないのだけれども、許してあげる――それができれば、もうあなたは極楽行きが保証されたようなものです。ご主人は地獄へ行くかもしれませんけれど。あの世でまで一緒にいたくありませんよね。でも、また一緒に暮らしたら、懐かしくなるかもしれません。よく一人で30年間も頑張りましたね。これからは、きっとうまくいくと思います。

私はいつの恋の時も、自分より相手を愛していると信じていたし、相手が大病でもすれば、自分の命とひきかえに、相手の健康をとりもどして下さいと何かに必死に祈るのがいつものことであった。

自分の恋人を幸せにすればどうなるかを考えればいいんです。自分は好きだから、「とにかく自分と一緒になってくれ」と言ったら失恋するかもしれないじゃないですか。でも、あの人はだれが好きなのかと。自分じゃなかったら身を引いてもいいよというぐらい思ったら、相手はかならず自分を好きになってくれます。本当の愛というのは、自分の欲望はまず抑えて相手の欲望を満たしてあげることでしょう。

所詮、恋は愛のかわりにはならない。人は永遠の愛を需《もとめ》て性懲《しょうこ》りなく恋に憧《あこが》れる。おそらく死の瞬間まで、人はもっとちがったもうひとつのあり得た自分の生を夢に呼びながら死んでいくのかもしれない。

私の場合は、いわゆる今の言葉で不倫ですが、相手に妻子がある場合がありました、何度かね。その場合、天地に誓って一度も相手の家庭を破壊しようとか、引っ張り出して一緒に住もうなんて思わないんですよ。相手の家庭はちゃんと守って傷つけちゃいけないと思うんです。少なくともその礼儀は守っていたから、自分はあまり悪くないように思っていたの。ところが、今となって振り返って考えたら、やっぱり非常に傷つけていたんです。相手とは対等だから、相手を傷つけるのはいい。でも相手の家庭をやっぱり傷つけていたことが、今頃よくわかって懺悔《ざんげ》しています。だから不倫は絶対にだれかを傷つけるからよくないと今は思う。でもほんとうの恋愛というのは人を傷つけるんですよ。社会生活をしている以上、理不尽な情熱がだれかを傷つけるんですよ。

二　くるしみ

この世は「苦」です。けれど、与えられた苦は辛抱《しんぼう》するに値する苦であり、その苦を懸命に乗り越えた先で、必ず新たな強い力を与えられるのです。

まじめに一筋、家族のために一生懸命働いていても、人生には「こんなはずではなかった」という思いがけないことがよく起こります。それどころか、自分の意に反して人の心を深く傷つけてしまったり、その反対に心から信じていた人に裏切られたりもします。「こんなはずではなかった」「あんなことしなければよかった」という後悔の連続が、生きていくということなのです。

この世の中には苦しいことがいっぱいある。しかし、その苦しみは、耐えるだけの値打ちがある苦しみなのです。その苦しみに耐えて一生懸命生きていたら、それまで苦しんだ分だけ、何か、その人に力が与えられます。後になって思い出しますと、「あのときは苦しかったな、しかし、よくあそこを抜けてきたな」という喜びが必ずあります。まったく苦しみを知らない人よりも、苦しんだ人は心が豊かになります。

私の場合は辛い闘病中、病気になってしまったことは、もはやしかたがないことだと、どこかで思い至ったような気がします。それで、しかたがないから闘うのをやめよう、と決めました。年をとったらマインドチェンジが必要です。考え方を変えること、ものの見方をちょっとずらすこと。だって、変えないとホントしんどいもの。

何かを得ようと思ったら、平坦な道を歩いていてはだめなのです。

善と悪はだれが決めるのでしょう。国によって道徳が違います。道徳とか法律とかいうのは、その時のその場所の為政者《いせいしゃ》、権力者が都合のいいように決めたものなんです。為政者が代わると、道徳も法律も変わります。一度戦争が起こると、その指導者たちは必ず聖戦なのだと言います。これは聖戦だ、だからついてこい。やらなければならない、悪をやっつける聖戦だと。それが戦争の始まりなんです。

人間は生きている限り、あらゆる苦しみと出会います。

仏教では「娑婆苦《しゃばく》」といいます。この世の中にはいろいろな苦しみがあって、生きている限り避けられない。

不倫も、しないよりしたほうがいいなどと言いません。けれども、その苦しむということを知ったほうが、相手の苦しみもわかるようになります。

私はいつでも情熱につき動かされて生きてきました。
情熱の示す道には必ず炎が燃え、
激流が待っていました。
情熱を永遠に衰えさせないためには、
情熱の放散《ほうさん》を断つという方法しかないことを
知らなければならなかったのです。

負けたらダメなのよ。上を向いて生きなさい。手毬《てまり》を落としたら跳ね返ります。どん底まで落ちたら跳ね返るしかないのです。

私たちが他人を嫉妬したりするとき、心の中は炎で焼き尽されます。その痛みはけっして途絶えることはありません。言ってみれば、これが地獄の苦しみであり、死ななくても私たちは地獄に生きていると考えるべきなのです。

死ねばみんな極楽に行けるというのも、私たちは生きながらにして地獄に暮らしているからだと考えることができるでしょう。生きていること自体が苦しみなのに、なぜ死んでも地獄に行く必要があるでしょう。それではあまりに救いがなさすぎます。やはり死ねば、誰もが極楽に行けると考えたいではありませんか。

この世は苦の世だというのは、仏教の根本思想だけれど、そうとわかっていても、人間は、今日一日が無事であることを信じて生きつづけている。朝、目を覚ました時、ああ、今日も生きていた、ありがたいことだなと、しみじみ思う人なんて、まあいないだろう。ところが、一寸先は闇なのがこの憂き世なのである。

人生っていうのは、死ぬまで何があるかわからないのね。今八十八歳で、あと何年生きるかわかりませんけど、どんないいことがあるか、どんな恐ろしいことがあるか、わからないのが人生です。愛する人との突然の別れとか、恋に落ちるとかね、そういうことはすべて電撃的にやって来る。いいことも悪いことも。予測つかないじゃない？

やっぱり人間は本来、頼りないものだってことをもう一度、肝に銘じたほうがいいですね。近ごろは、人間は何でもできると思い上がっているようだけど、まだ台風も地震も津波も防げないしね。人間の力なんてたかが知れてますよ。思い上がり過ぎないほうがいいわね。

なぜテロは起こるのか、その根本原因を解決しない限り、一時、収まったかに見えても、また、いつか同じことが起こるだろう。どうすればいいか、なぜかを問いつめなければならない。貧困、人種差別、宗教的無理解、パレスチナ問題、様々な要因がテロのかげにうごめいている。それを追究し、諸国が自国の利益を離れて、平和のため、力を合わせ、叡智《えいち》をしぼり合う姿勢にならない限り、地球上からテロはなくならないであろう。

考えすぎるのは病気のせい。自分を責める前に、いいお医者さんを探しましょう。

生きていることに感謝しなさいなんて偉そうにさとす気持ちがあるかぎり、
その病人の方はあなたをうるさがると思いますよ。
一緒に泣いてあげる自信があるなら見舞えばいい。その自信がないなら、
そっとしておいたほうがいいですね。

私たちは、自分が不幸になって、それを悲しむ。それと同時に、ほかの人たちが不幸になった時には、どんなに辛かろうと想像して、同情する。そして、人の悲しみや苦しみを一緒に悲しんであげる。

それが人間のいちばんいい姿なのです。

「自分は不幸だ」と思ったときから、不幸は始まるんです。そう思った瞬間に、より大きな不幸が周囲からワーッと押し寄せて来ます。しかし、どんな場合でも必ず「無常《むじょう》」。皆さんは無常というと人間が死ぬことを思っていらっしゃいますけれども、それだけではないのです。同じ状態は決して続かないということです。

「生々流転《せいせいるてん》」ともいいます。すべてのことは流れていく。すべてのことは、時間とともに移りゆくのです。

不条理《ふじょうり》な世の中ってものを、まず認めなければ仕方がないですね。そしてそれはとても嫌なことだけれども、現実がそうなんですから、その中で不条理に打ち勝って、私たちは生きていかなければならない。不条理に絶望しないで、そして絶望の中から、立ち上がって生きていくしかない。これがこの世の中ではないかと思います。

また八月がめぐってきた。敗戦のあの日から五十八年もの歳月が過ぎたかと思うと、言いようのない虚しさが心に満ちてくる。過ぎていく時間、移りゆく事象、一つとしてとどまることがなく、すべての記憶は時にさらされ、色あせていく。

私は敗戦を北京で迎えた。日本人は皆殺しにされるだろうと、その夜は一睡もできなかった。それなのに、八十一歳の夏を迎えるまで生き延びてしまった。私の心は、今も生き延びていることが、あの戦争で殺された人々に対して、後ろめたい思いから逃れることができないでいる。

自分に見切りをつけないこと。それは年寄りにも言えることで、年をとって死ぬまで人間は諦めない方がいい。自分の中から何が出てくるかわからない。

大人になるにつれ、私たちは不思議を不思議と感じなくなり、感動を忘れて暮らしてしまう。老いるということは、物に感動しなくなり、愕《おどろ》きをなくすことで、肉体の細胞と共に、精神も弾力も失うことをさすのだろう。

一度も失恋したことのない人は、失恋した人の悲しみや苦しみがわかりません。

一度も貧しい思いをしたことのない人は、ほんとうにお金がなくて苦しんでいる人の辛さがわかりません。

健康そのものの人は非常に幸せのように見えますけれども、体の弱い人の苦しみを想像することができません。

たくさん苦しみ、たくさん悩み、たくさん涙を流した人は、人の悲しみ苦しみに同情することができます。その人は、人に対して優しくなります。

自分のおかれている環境が恒常《こうじょう》であってほしいのに、この世は何と無常《むじょう》なのか。

形あるもの、物質はもちろん、感覚も、全ての精神作用も、泡沫《ほうまつ》、かげろう、夢、幻のようなもので確実なものはない。それなのに、われわれはこれらはかないものに愛着し、執着し、永遠にそれが存在することを願っているから、常に裏切られつづけていく。

自分が必要とされなくなっているのではないかという不安は、疑心《ぎしん》を生み、妄想を描き、たえまない嫉妬の幻想につながっていく。

しかし、自分がもう相手を必要としていないのだという自覚には、人はわざと目をつぶり、出来るだけ、その現実を直視しまいとする。真実を知ることが怖いし、それを知った後の自分に自信がないからである。

私たちは生きている限り、さまざまな苦しみと出合います。自分でああなりたい、こうなりたいといろいろなことを考え、どんなに努力してもなれないときがある。ずる賢くてどんどん出世して長生きする。本当に仏様のように思いやりがあるいい人が不幸せになって、辛い病気をして亡くなる……。

こういうふうに、世の中には理不尽《りふじん》なことが、不条理なことがたくさん起こります。そのたびに慌てふためき、キーキーと怒らないで、これが世の中だと思って、時間がたつのをじいっと待ちましょう。我慢しましょう。

仏教には「忍辱《にんにく》の行《ぎょう》」というのがあります。いろいろな侮辱や迫害を忍《にん》受《じゅ》して、辛抱して恨まないということです。

人間は、何をしてもいいのですよ。ただ、やったことの是非より、その後の自分の生き方、責任のとり方が大事です。どんな目に遭ったって当然だと引き受ける覚悟がなくてはダメですね。

迷うのは心が疲れているせい。思い切り、おしゃれをして町を歩いてごらんなさい。

昔から死ぬ気になれば何だって出来るという言葉がある。死んで花実が咲くものかという言葉もある。どんな運命も、必ず変わるのが無常の法則である。

もっと痛ましいのは、一人で死なないで、家族を道づれにすることだ。更にまだ前途のある罪もない子供を道づれの無理心中をすることである。信頼しきった親に殺される子供は何としても救わなければならない。

子供を残して、苦労させるよりも、いっそ自分たちと一緒につれて行こうというのが、その時の親の心理だろうけれど、子供の命をあまりにわたくし視しているのではないか。子供の命は、いや、命のすべては大いなるものの授かりものだという考えに立ちもどってほしい。

流行作家や詩人たちが、こんな非常識なみだらな恋愛沙汰にふりまわされているのがおかしいものの、当今の小説家や詩人のあまりのおとなしさに唖然としている私は（ここに書いた人との）愚かしい迷いや乱行にむしろなつかしさを覚える。本来、芸術家の本性は、ひかれた軌道をまっすぐ歩めないほどの情熱と乱心《らんしん》が胸に巣喰《すく》っているものではないだろうか。

人間の愛というのは、仏教の用語では渇愛《かつあい》といいます。渇愛というのは、咽《のど》が渇いた人が、いくら水を与えられても満足することもなく、もっと欲しいもっと欲しいとねだるような愛です。私たち人間というのは、自分が十愛したら、利子を加えて十二の愛を返して欲しがる、そういう習性を持っています。

このような愛は本当の愛ではありません。こういう愛し方は、結局自分を愛して欲しいという欲望を相手にぶつけているだけで、他者を愛しているように見えて、その実、自分を愛している。自己愛であり、自分が得をしたいという欲求なのです。

人が苦しんでいたらそれを見過ごしにできない。その苦しみを少しでも和らげてあげる。これが観音様の心、やさしい人の心です。人の苦しみを見捨てないで、力になれなくても真心で話を聞いてあげるとか、背中をさすってあげるとか、握手をしてあげる。それだけでいいのです。それだけで相手は、砂が詰まったような胸に風の通り道ができます。するとほっとする。

自分だけの幸せを追い求めないで、人の苦しみに気がつくようになって欲しいのです。人の苦しみに気がつくということは、想像力です。相手がいま何を思っているかということを思いやることです。

人間は骨身《ほねみ》にしみないかぎり、同じ過ちを何度でも繰り返す。

いつの時代でも、人生の軌道を外れないで生きていける真面目な人っていますけど、それと同時に、どうしてもその軌道に乗り切れない人もいるんですよ。社会が、軌道から外れた人はいけないと決めつけるでしょう。でもね、軌道から外れたいと思うその気持ち、好奇心と欲望っていうのはなくならないし、今も昔もそう変わらないと思うのね。

よく人は「がんばれ、がんばれ」と、言いますけど、がんばるということは、どこかで無理をすることで、病気になったり、神経が切れたりします。これからはあんまりがんばらないで、もっとゆったり生きましょう。私もがんばり屋で、ずうっとがんばってきたから、がんばり屋の気持ちがよくわかるの。

憎いという気持ちは必ず相手に通じ、自分もその毒に冒されます。だから、おおらかな気持ちで包んであげましょう。そうすれば、いつしか自分も温かい気持ちに自然になっていくものです。

生きている以上はたくさん人を愛する、それが第一条件だと思います。愛することは苦しみを伴いますから、たくさん苦しみなさいというわけです。それによって、不幸な体験、理不尽な経験をすることもあるかもしれません。それでも人は生き続けなければならない。どうせならば、楽しいことを知る一方で不運や理不尽を知り、同じような不運や理不尽を味わった人に力を貸したり、手を取り合って前に進んだりできた方がいいじゃないですか。

自分の死に際に、私はこう生きたと振り返る際に、何の苦しみも知らず、だれの苦しみにも無関心なままで、それで人生を生きたといえるかしら。

そんな人生は、私はつまらないと思いますよ。

三　しあわせ

人は何のために生まれてくるのでしょうか。
一人ひとりが自分のひとつしかない生命を大切にして、
自分が幸せになるように生まれてきたのです。
そして、幸せになりたければ、
幸せになろうと自分で努力をすることです。

許すということ、これが仏教の極意《ごくい》です。

人を恨《うら》んでいたら、自分の心も悪くなります。心が悪くなれば、やはり器《き》量《りょう》が悪くなります。もともと悪かった器量がさらに悪くなります。だから、少しでも器量をよくしたければ、人を見たらニッコリ微笑むのがいちばんです。高い化粧品を買うのもけっこうですが、温かい心、優しい心を持ってください。

美女は五十をすぎると、がくっと老けて、「元美女」になってしまう。おかめは年をとってもおかめで、むしろ、年齢をますごとに人間的魅力が浮かんできていい顔になる。

仏さまは決して不公平ではないなと思う。

美女よおごるなかれ、醜女よ嘆くことなかれ。

性を断つことが、さほど苦痛ではなく、むしろ、精神の領域がそのことで拡がりを増し、生命力が強くなることを知った。

仏教では煩悩の苦をのがれるのは、はじめから人を愛さないことだと教えている。

新しい生き方は過去のどの恋を得た時よりも、私に新鮮な愕きと好奇心を与えつづけてくれている。

そんなに努力をするのはやめなさい。

職場がどうなろうと、いいじゃないの。つぶれたって、あちらの勝手。そんなのほうっておきなさい。

まだいい子ぶろうとするから、何かといらない口を出すのです。

ほっときなさい。あなたを理解してくれる人とだけ付き合えばいい。

自分のしたいことをしている人はね、誰でも魅力が出てきます。そうすると、そういうあなたを、好きになる人は、必ず、この世の中には、たくさん出てきます。その中でね、よりどりみどりで結婚したらいいじゃありませんか。ちっとも急ぐことはないですよ。

平均的な幸福なんてものはないと思いますし、そういうことを望んでいる人は平均的な幸福も得られないと思います。それよりも自分がどう生きたいかということを考えて、そして正直に自分の意志を貫くこと。それが結果的に幸福になるのではないでしょうか。

残りのどうでもいい命を捧げて、子どもたちが安心して勉強できる、若者が安心して結婚できる、そして、夫婦が安心して子どもを産める、そういう日本を残してあげるのが、私たち年寄りの務めだと思います。

年寄りはもう役に立たないとみんな思っているけど、それは大きな間違いです。

年寄りには”念“がありますから、怖いですよ。

人はみんなね、自分の短所が長所で、長所が短所なんです。ですから、悲観することはない。自分はこれが短所だなぁ〜と思っても、その短所だから、こういう効果があるよっていうところを自分で見つけてほしいんです。

そして自分を褒めてほしいんですね。

健康の秘訣は、心にわだかまりを持たないこと。

言いたいことをじいっと我慢しているより口に出して言ったほうが、心のわだかまりがなくなります。

人間は年をとるほど同年輩や自分より高齢の相手には興味など失っていく。自分よりはるかに若い相手に向かいあっているだけで、彼等の全身の細胞が発散する呼吸の気配が自分の体に伝わってきて、自分自身の古びた血液がいきいきと洗われるような気がする。

つまり、相手の若さを吸収している。

どんな人でも、全部悪いという人はいません。どんな嫌いな人でも、何もかも嫌いってことはないと思うんです。よく見たらどこかにその人のいいところがあります。その人のいいところに目をつけて、いいところを好きになりましょう。それが人を憎まないいちばんいい方法だと思います。

人間の顔なんて、気分で変わるものですよ。嫌なことがあったら、暗い顔になる。でも何かちょっといいことがあると、あら、きれいになったねと言われるくらい、正直に変わるんです。だから、私はなるべく人を褒めるんです。目がとてもチャーミングとか、耳の形がいいわね、なんて一生懸命にどこかいいところを探して褒めるのよ。初めはぶすっとしていても、褒められていればだんだんとその場で顔がかわいくなる。だから、言葉で変えることができるはずですよ。

芸術家の面白さは、一人の人間の中にどれだけの異質の才能の面がかくされているかしれないということでしょうね。万華鏡の描き出すものが一瞬ごとに変り、それは二度と同じでないように、芸術家の中にかくされている才能が、新しい作品を産み出すことは、その時、それ一つで、二度と同じものが生れないというのが面白いと思います。

人の話を聞く、聞いてあげるということ、これもひとつの修行だと思います。

自分の話を相手に伝わるようにすることは、人間の大切な力ですし、人の話を聞いてあげるということ、聞く耳を持つということも、非常に大切です。身の上相談を受けた場合は、一生懸命聞いてあげればいい。「大変ね」と心から言ってあげればいいのです。答えはいらない、ただ聞いてあげる。

今日が幸せで、明日も幸せなんてことは人生にはないのです。明日のことはわからない。ですから、どんなときでも生きていかれる力を自分が持つことが幸せです。

老後は子どもによくしてもらおうと思って、熱心に教育しても、その子が明日、交通事故に遭って死ぬかもしれません。

第一、今の子どもは親の老後を見ようなどと思ってはいません。子どもの世話にならないで生きていけるようなことも考えておかないといけないでしょう。自然のもたらす災いも、とても多いですね。突然それに襲われたら、もう元も子もなくなるのです。それが人生……。ですから、どういうときがきても、自分が一人でもやっていけるという力を身につけることが、究極の幸福ではないでしょうか。

自分に何の才能があるかを見つけるこつはあります。それは、自分の好きなもの。人間は初めから好き嫌いがあります。走るのは嫌いとか、数学が嫌いとか、だけど絵を描くのは好きとか。必ず誰だって子どものときから好きなものはあるのです。それこそがその人の才能の種子なのです。

メルヘンがあることによって、私たちが救われることがありますよね。あんまり現実的な割り切った計算だけの世の中や生き方だったら、ほんとうに絶望した時に救ってくれるものがないですよね。夢はそういうふうに残しておかなきゃいけないし、あの世にかける夢なんていうのは、もう最後に残されたいちばん大きな夢じゃないかと思いますね。

過ぎ去ったことを思い悩んだところで、変えることはできません。未来を思い描いたところで、そのとおりになるとは限りません。もちろん、過去の成功や失敗から学んだり、将来の計画を立ててこそ人間でしょう。しかし、過去にとらわれすぎると、可能性の幅が狭まってしまいます。未来に勝手に期待しても裏切られるかもしれませんし、逆に悲観的になりすぎれば、前に進めません。過去や未来という幻に心を奪われることなく、今という尊い瞬間を懸命に生きることで、悔いのない人生を生き切ることができるのです。

女は、花が自然に開いているような感じで存在するのが美しい。そういう存在の仕方そのものがすでに布施《ふせ》のひとつであると思う。

自己の利益のために、この人と仲よくしておいたら自分が得をするとか、あるいは就職ができるとか、あるいはお金が儲かるとか、そういう利己的なものは愛ではないのです。愛というものは、報酬を求めないもの、与えるだけのものなのです。

生きているということは情熱があるから生きていられるので、だらだらっと時間を過ごし、日を過ごすということは生きているということにはならない、と私は思います。たとえば、お掃除をするにも一生懸命すればいい、カップを洗うのも全身全霊で洗えばいい。自分のしなければならないことには、情熱を傾けてしたほうがいいのではないかと思います。

「こんなことをしていてもしようがないわ」などと、このごろは若い人でもよく言います。でも、そうなったら生きている価値がないと思うのです。

やっぱり生きるということは、情熱を燃やしきって生きることじゃないかと思います。

人を好きになるのも情熱をかけて好きになるし、勉強するにも情熱をかけて勉強しないと、やっぱりいい結果は出ません。

欲望は人を幸せにしません。むしろ、人を苦しい思いにさせるだけ。

ですから、「足るを知る」、満足を知って、「ああ、もうこれで結構です」という気持ちになって、余ったら本当に足りない人に回すという、ゆとりのある心を持っていただきたいと思います。

物欲を捨てる分、心が豊かになるのです。

私は年をとるにつれて枯れるということを忘れてしまい、近頃益々魅惑的なものに魅《ひ》かれているような気がします。どこかおかしいのでしょうか。おだやかなものは確かに心慰まる美はありますが、今更この年になっておだやかに過して何になるかと思うのです。平凡で淡々としたものは、もう充分という気がします。

「老後」と呼ばれるほど長生きできたとしたら、生きているだけで儲けものです。若いころから組織や世の中のしがらみに合わせて我慢を重ねてきたような人なら、老後は考え方を変えてみるのもいいかもしれません。せっかくいただいた人生なのですから、他人に合わせるのはほどほどにして、自分の人生を生きてもいいのではないでしょうか。

老人らしく生きる必要はありません。自分らしく生きれば、いつ人生が突然終わっても、悔いは残らないはずです。

私たちは目に見えないものの尊さと怖さを知らなくてはならない。それを教えるのが教育だと思います。「1＋1＝2」を覚えるのも大事ですけれども、目に見えないものがこの世にあること。そして目に見えないものによって私たちの生命が保証されていること。あるいは、国が成り立っていること。目に見えないものが世の中をよくし、悪くもする。そういうことを教えるのがほんとうの教育だと、私は思います。

できうることならば、生きている間に、少しでも愛する人たちに何かをプレゼントしたい。少しでも人のために尽くすことができれば、それこそが生きる幸せではないかと思うのです。

もし、そんな人生が送れたとしたら、たとえ死んで地獄に落とされたとしても、けっして私は文句を言いません。

もちろん、浄土に行けるに越したことはないけれども、そんなことより、今の人生を、あとどれだけ時間が残されているか分からない人生を、切に生きることのほうが、ずっと大切ではないかと思います。

心の中を空っぽにして、風が吹き通るようにするのが、いちばんいい。

観阿弥が子の世阿弥に教えている言葉に、「我々が猿楽《さるがく》をするのは見物に来てくれる人たちに寿福を与えるためだ」ということがあります。見物の人たちに喜びを与えるために我々は芸をしている、それを忘れたら何もならないと、観阿弥が世阿弥に懇々と教えているのです。この言葉に行き会った時、私は小説を書いていて、ほんとによかったと思いました。下手な小説ですけれど、一人でもそれを読んで寿福を味わってくれれば、作家になった者としてこれ以上の幸せはないと思いました。

愛するということはいつでも可能である。愛される前に私は愛し、愛することによって愛されるようになるという真理を、何度かの経験で見てきている。

幸せは外から与えられるのを待っていてはいけませんね。自分で自分を楽しませたり、よろこばせたりしなくては。いつまで余生が続くかわかりませんが、とにかく自分の好きなことを自由にやって、自分を楽しませたいと思います。

いまは女が強い時代になりました。女が頑張ってスクラム組めば、悪い世の中をひっくり返せるのです。

大昔のギリシャでは、男たちが戦争ばかりするので女たちが「くだらない」と怒って団結して、「戦争をやめないならセックスしてやらない」と言いました。男はやっぱりさせてもらいたいんですね（笑）。困りはてて戦争をやめたと、歴史にあります。

運命というものは、自分の力で変えることができます。あなたには、自分の良さを最大限に高められるように、今の境遇を変えていってほしいですね。これからは、まわりの人と比べることをしないで、あなた自身の幸せを求めていってください。

自分の人生を大切にしてこそ、他人のことを大切にできる。

女は死ぬまで情緒、感情を持っていますね。私は、もうそんなものは自分の中にないんじゃないかと思ってたんだけど。あるときふっと、今日はそういうこと思ってるなって日がある。年中じゃないのよ。でもあるのね。だから、ああこれは死ぬまであるんだなって気がする。モヤモヤってしたもの。曰《いわ》く言いがたいものなんだけれど、非常にエロティックなモヤモヤってしたものなの。

これが生きる力なんだなって思う。誰かを好きとか、恋するとか、そういうハッキリした言葉じゃ表せないもの。モヤモヤっとした何かがね。死ぬまであるんじゃないかな。それがあるってことは、生きてるってことじゃないかしらね。

自分の身体の中から、あるいは自分の才能の中から、本当に自分がこれは「自慢できる」あるいは「好きよ」というところを、見つけ出してくださいい。人にわからなくってもいい、自分がそれを見つけて、そして褒めてやってください。そうすれば自信が自然に生まれてくるし、そしてまたそんな自分を愛することのできる人になれば、他の人もあなたを思わず振り返って愛するようになります。本当に必ずそうなりますよ。私が経験したことですから、お教えします。

ふと、自分が今、幸せになっているのではないかと気づく時、
私は内心ひどくあわてふためき、
その幸福らしいものを破壊したくなるのです。
それが私の変な恐怖症なのでしょう。

忘己利他《もうこりた》
己を忘れ他を利するは、
人間の愛の最高のものです。
自分が未熟だから、
人のためになどつくせない、
まず自分がちゃんとしてからだ、
と人はもっともらしくいいたがります。
仏教では、そんな生ぬるいことはいいません。

この世のすべての悪は愛で清められる。無償の愛だけが、この世の絶望を希望に替える奇蹟の力を持つ。

想像力を鍛えるには、日本語を叩き込み、本を読ませることだ。日本語の美しさの中には数えきれない美しい心の宝石がちりばめられている。「こころの再生」の妙薬は、日本のことばの美しさの中にこそある。

長寿の秘訣を、一九九五年に長寿日本一として有名になった哥川《うたがわ》スエさんの主治医、宇部温泉病院の梅崎博敏院長は、こうまとめていらっしゃいます。

「節度。礼儀正しさ。好き嫌いがはっきりしている。ストレスをためない気持ちが明るく、毎日エンジョイする天分」

「なぜ私はこんなに不幸なのだろうか」とか、「なぜうちの亭主は浮気をやめないのだろうか」とか、「なぜ隣の奥さんは、ミンクの毛皮が着られるのに、私はフェイクなんだろうか」とか、そういうわだかまりを捨てると、心に風が吹きます。

心に風が吹くと、病気も遠ざかり、豊かな老いを迎えられます。

人から褒めてもらうのを待つより、まず自分で自分を褒めること。

この世で、人間ほど面白い魅力的なものはないと思う。人間は一人として同じ性質や器量はいない。複雑怪奇で、死ぬまで変化するし、わずか二メートルたらずの体の中に、無限の可能性の芽を包みこんでいる。各人が一つしか持っていない心というものが、これまた矛盾の宝庫で、光のあたり方によって、万華鏡のように変幻して、人の目をくらます。

新しいことに挑戦すること、おしゃれや恋を忘れないこと。このような気構えで生きれば、老いることは決して怖《おそ》れることではありません。歳をとるということは、何しろ人より経験がある、過ぎ去った日々に味わった経験を反芻《はんすう》して考えるだけでも、やはり若死にした人よりははるかに豊かな生を生きているということになります。

老いることに誇りをもちましょう。そうすればきっと美しく老いて死ぬことができますよ。

女は、いくつになっても美しくありたい。
鏡をのぞくのは、自分のためでもあるし、
人に不快感をあたえないためでもあります。
お茶やお花を嫁入り前に習ったのは、
その技術を身につけるより、
その作法からくる身のこなしや、
動きの美しさを習うためでもあったはずです。

人はなぜ生きているか。それは決して自分だけの幸福を追い需《もとめ》るためではありません。

自分の周囲にいる、一人でも多くの人を幸せにすること、そのために努め励むことこそが、人間がこの世に生れてきた理由であり、目的だと思うのです。自分の存在が誰かの役に立っているということを感じるのは何と幸せなことでしょう。

とても人生は短いでしょう？　そのなかで起こったことは、大したことではありません。悪いのは、この世であなたをひどい目にあわせた人。騙されたあなたは、もう本当に仏様のような方ですから、亡くなってあの世に行けば――私はあの世はあると信じています――あなたは必ずそこで、とても幸せになれると思います。

四　わかれ

別れの辛さに馴れることは決してありません。幾度繰り返しても、別れは辛く苦しいものです。それでも、私たちは死ぬまで人を愛さずにはいられません。それが人間なのです。

人は必ず死ぬという共通の運命のもとに、この世に送りだされている。長短はあっても、この世の生のあとには、未知の無限のあの世の時間に旅立たねばならない。

この世で、どんなに人を愛しても、大きな仕事をしても、あるいは常に悲運のまま苦痛の人生を送っても、死は等しく平等に訪れる。人の死を送ることは、自分の死がやがて送られる日の予習になる。

残された者が死者を尊敬し、遺体をどのように恭《うやうや》しく扱うか。動物の中で人間だけに課された大きな宿題であろう。

大切な人、友人、自分の周りにいてくれる人、そういう人たちと、もしかしたらもう会えないかもしれないと思うでしょう。たとえば会社に出かけて行くときに、この人は必ず帰ってくると思うと出て行く人に対して、つい、ぞんざいになるかもしれないけど、もうこれっきり帰ってこられないかもしれないと思ったら、見送りにも情がこもるでしょう。私は毎日がそうだから、昔のことを大事に思えるわね。

だれもがいつかは「死」を迎えることは百パーセント確実です。しかし、それはいつかもわからないし、どんな感じなのかもわからない。そしてその先に何があるかもわからない。

私が小説家の里見弴《とん》先生に最後にお会いしたのは、雑誌の対談をしたときです。亡くなる前の年、先生、九十三歳のとき。そのとき、「死んだらどうなるんですか？」と私が聞いたら、即座に、

「無だ」

「じゃ、（ご一緒に住んでいた愛人の）お良さんにはお会いできないんですか？」

「会えるもんか。すべては無だ」

そうおっしゃったのです。この「無だ」という言葉を、近頃よく思い出します。極楽とか天国とか、いろいろな宗教が考え出してきましたが、本当は「無」ではないのか。人は「無」から縁によって生まれ、再び「無」に還《かえ》っていくのではないか。最近そう思うようになりました。

「無」というと、何もなくて空っぽというイメージもありますが、すべてのものから解き放たれた自由な境地とも考えられます。

生れる時はあなたまかせだけれど、
死に方は選べると思ってきましたが、
今となっては死もまたままならぬのが
人間だと思いしらされた気がします。

あなたが元気に生きて行くことこそが、亡くなった方への最高の供養です。

男との辛い別れを恐れるなら、凡庸《ぼんよう》で優しいだけの無害な男を選び、慰《なぐさ》めだけをわけあっていればいい。少しでも男を育てたいなどという野心を持つなら、別れの日の覚悟を決めて、その瞬間までの充実した歳月の歓《よろこ》びをとることにすればいい。

人間は死に向かって生きている。
別れるために会う。
死ぬために生きる。
老いるために若さがあるのです。

離婚するたび、女は若がえり、賢くなり、悩みで洗練され、味をましていくことだろう。結婚はもうこりたという女も、男にはまだこりないかもしれない。男にはもうこりたという女も、結婚への夢はまだ捨てないかもしれない。それでいいのだと思う。

あなたたち自身だって、いつ死ぬか分かりません。今日は元気でも、明日には事故で死ぬかもしれない。だから明日のことで思い悩まない。今日のうちにできることは、今日してしまいましょう。いいお魚をもらったけれども、今日は我慢して明日食べようと思わない。今日食べてしまう。それでいいんです。あるいは、どうしても好きな人に思いが伝えられない。でも、明日になったらあなたは死んでしまっているかもしれない。だったら、ふられてもかまわないから今日のうちに告白してしまったほうがいい。くよくよしているうちに、人生は終わってしまいます。

実際に全身麻酔をかけられたら、すばらしくいい気持ちになりました。スーッと意識がなくなった。あれが死だったら、怖くない。意識が戻る時も、何の苦しみもなくスーッとこの世に帰ってきた。夢は見ませんでした。でもその時、死ぬというのは本当に「無」なんだと思いましたね。

出逢いは人生のいたるところに待ち望んでいて、ふいにどこにでも現れるということを忘れてはならない。今日の出逢いも、かつての出逢いのように色あせて見える日もやがて来ることを考えておかなければならない。出逢いが大切なのは、必ずそれが別れを伴ってあらわれるからである。

私は家庭を捨てました。優等生だった私が、夫と幼い娘を捨てて文学の道を志したのです。そのため、たちまち「悪い女」というレッテルを貼られました。でも、それで私は自由になったのです。どんなに悪口を言われても、「悪い女なんだから」と開き直れるようになったのです。

ゆさぶっても動かない相手なら、もう思いきって、見切りをつけ自分から別れることです。

捨てられた女になるより捨ててやった女になるのです。捨ててしまえば、あなたはその男がいかに優柔不断で、自分勝手な、責任感のない男だったかということに気づくでしょう。

幻人にも痛みや痒さはあるのでしょうか。

冗談でなく、私も時々、自分が生きているのか、あの世の人間になっているのか、ふっとわからなくなる時があります。

これだけ科学が進歩したら、やがてあの世とこの世で電話も通じるし、コンピューターで全部わかる時代が来ると思うから、それを待ちましょうと言うんですよ。どうせ私が先に死ぬから、もし極楽があれば、あなたたちに教えてあげる。右の足の親指を引っ張ったらその時は極楽で、左の足の親指を引っ張ったら地獄もあったということよっていう話をしているんですよ。みんな大笑いで、少し安心してくれるみたいです。

自分の健康と精神の若さと、可能性に、
自ら見切りをつけた時から老いは始まるのです。
思い残すことなく燃えつき、
自分の可能性に挑戦したあげく訪れる死は、
死もまた愉しと、
死後の世界を夢見られるのではないでしょうか。

五　さびしさ

生ぜしもひとりなり、
死するもひとりなり。
されば人と共に住するも独りなり。
そいはつべき人なき故なり。

一遍上人のことばは、人間の孤独の上に新鮮に輝いています。

孤独に甘えず、孤独を飼い馴《な》らし、孤独の本質を見きわめ、自己の孤独から他者の孤独へ想いをひろげるゆとりを手にいれないかぎり、孤独の淵《ふち》から這《は》いでることは出来ない。

自分の心の底すら、覗きこめば果てしない闇をたたえていて、その底に何がひそんでいるかわからない不気味さがある。まして他者の心の底にあるものなど、どうしてうかがい知ることが出来ようか。

忘れ得ぬ人々というのは、誰にでも心の中に記憶がしまいこまれている筈である。私のようにその人々の俤《おもかげ》が多い人間も少いのではないだろうか。何ひとつ持たず、ある日孤島に流されても、私は記憶の中の人々との交《まじわ》りだけを食べて一年や二年は生きていかれるような気がする。

人間はひとりで生まれてきて、ひとりで死ぬんです。だから、もともと孤独なものなんですね。みんな群れをなしたり、友達と集まるのは、孤独だからなんです。それを知ってか知らずか、人といたらなぜかホッとするんですよね。孤独だから、寂しいから、自分を理解してくれる伴侶が欲しいんです。友達が欲しい、恋人が欲しい、夫婦になってほしいんですよね。肌寂しいから、人と抱き合って肌をあたためあいたいんですよ。セックスがしたいんです。ひとつになったという感じがするから。それは孤独だからなんです。死ぬまで仲よく暮らしていても死ぬときは別々なんですね。一緒の寝床で寝ていても、相手は何の夢を見ているかわからないんです。

人間は淋しいから、燃えた後には美しいけれど、すぐ冷たくなる脆《もろ》い灰が残るから、人間はよりそいあい、あたためあおうとする。

人は誰だって、かけがえのない自分ただひとりだけの生命と運命を持ってこの世に生まれてきているのです。

自分のかけがえのない一生は誰の責任にゆだねることも出来ず、自分で守りぬくしかないのです。

病気になる前に、なんでアラーキー（写真家の荒木経惟《のぶよし》氏）にヌードを撮ってもらわなかったのかと後悔した。九十二の誕生日をすぎてね、風呂に入っていやでも裸を見るじゃないですか。そうしたら、まだイケルと思ってたの（笑）。でも今は見られたものじゃない。本当に残念。

孤独と虚しさに気づき、自分の生き方をふりかえり、もう一度生きたいとうめく時の主婦たちの悩みにはまだ救いがある。孤独と虚しさにつけこまれた情事が終わった後の、彼女たちを襲う孤独と淋しさこそ絶望的である。

人は生まれたときも死ぬときも独り。たとえ結婚して子どもに恵まれ、たくさんの家族と賑やかに暮らしたところで、結局は独りぼっち。共に年をとり、一緒に死んでいこうと誓い合っても、同じときには死なない。「そいはつべき人」はこの世にいないからだと、一遍上人は言い切っておられます。

寂しい言葉ですけど、これが真実です。人間はすべて孤独。独りです。その思いをしっかり持っていれば、怖いものは何もない。疲れたときや、気持ちの落ち込んだときには、この言葉を口にすると、すっきりします。

人間は本来孤独なんだぞと、若い人たちに断言することは可哀そうで躊《ちゅう》躇《ちょ》されます。黙って辛抱強く聞くことだけが、私を頼ってきた人に対する唯一の誠意と愛と忍耐のような気がしています。

自分を変えることはできるわね。努力したら自分は変えられます。でも、人は変えられない。「他は己ならず」という道元禅師のことばにもあるように、自分と他人はどこまで行っても同じにはならない。私はあくまでも私でしかないし、あなたはあなたでしかない。同じことを考えるはずがないんですよ。

ふたり集まれば、ふたりの心のちがいに、互いにいらだたなければならぬ。
それでも人は、たったひとりでは淋しくて生きてはいけない。
淋しいから集まり、集まっては苦しむ。愛しても、愛されても、心はより
更に多くの愛を欲し、愛した瞬間から苦しみが生まれる。

人間が寂《さび》しいと思うのは、自分が求められていないと感じることなのです。誰の役にも立っていないというのは、とても寂《さび》しい。だから、まず誰かの役に立ちたい、誰かを幸せにしたいと思うことです。

たとえば、お母さんがいるから、家の中が明るくなったと言われることが幸せであり、また恋人が「君といるとホッとする」と言ってくれることが幸せなんです。

あなたがそこにいるだけで、人に少しでも和《なご》やかな気持ちを与えることができれば、それが慈悲《じひ》なのだと思います。

そのときに大事なのは、「相手のためにしてあげる」というのではなく、「させてもらう」という気持ちを持つことです。

感謝されたいと思って何かをするのではなく、そうさせてもらえることを自分自身で感謝するのです。

ひとりでいいじゃないですか。人権というのは、個人の権利を守ることだから、自分が人といるのが嫌なら、その嫌を通せばいいじゃないですか。そのかわり寂しいかもしれませんけれども、それは強さです。だから、お釈迦様は「犀《さい》の角のようにただ独り歩め」と言われた。群れをなして、つまらない群れとごちゃごちゃするよりも、自分に信念があればそれでいいと説いたのです。

六　いのり

「信は任《まか》すなり」といいます。任すとは、自我を捨て去って、全身全霊を仏さまに捧げ、どうにでもしてくださいと身を投げ出すことです。

仏教では、一生懸命生きることを「切《せつ》に生きる」と申します。
ご飯を食べる時には、「切に食べる」。
人を愛したら、「切に愛する」。
セックスの時も、「切にセックスする」のです。
寒い中で、私のおしゃべりと法話を一生懸命に聴いてくださるのは
「切に聴く」。
そういうことが、生きるということです。

私は、いつも人に何かをしてあげようと思う時、明日に延ばさず、今日にします。今日の愛は今日あげるのです。今日の悩みは今日解決します。決して、明日に延ばさない。いつも心の中にわだかまりを持たず風の吹き通るようにしておきます。

この世がいかに不如意《ふにょい》で理不尽《りふじん》で絶望的であろうとも、最後は釈尊《しゃくそん》の大きな愛と許しに満ちた言葉が人間の愚かさを清め、明日を生きる力を与えてくれるであろう。

「この世は美しい。

人の心は甘美である」

と。

好きになってはいけない男を好きになり、嫌ってはいけない男を嫌い、人のものをねたんだり、ときには横取りしたくなったり。日常の中でさえも、思い通りになるものはない。それなのに老いや死という、いわば極限状況について、それを思うがままにしようというのは、もとより無理です。

あらゆる宗教の淵源《えんげん》には、人知を超えた存在への畏《おそ》れがあります。この世には、人間にはどうしてもコントロールできない領域のものがある。だからそれをぜんぶ自分でコントロールできると考えるのは、非常に傲慢なことです。

私はもう過去に教えこまされ信じこまされた何ものをも信じまいと、かたくなに心をとざしていた。教えこまされたことにあれほど無垢《むく》な信頼を寄せていたことを、無知だと嘲《あざわら》笑うなら嘲笑われてもいいと思った。無知な者の無垢な信頼を裏ぎったものこそ呪うべきだと私は考えていた。もう自分の手で触れ、自分の皮膚で感じ、自分の目でたしかめたもの以外は信じまいと思った。

祈りは、答えを求めるものではない。
自分を投げだし、自分を無にして、正常な自分にもどることである。我《が》を
捨てさせてもらうための祈りである。

私たち人間の力なんて大したことはない。いくら勉強したって、いくら着飾ったって、いくら偉い肩書を持ったってたいしたことはない。この大いなる宇宙の生命の前では、虫けらのように力のないものなのです。

あれこれ迷わないで、自分の好きな、自分がなんとなく惹《ひ》かれる仏様なり、神様なりを見つけて、それを信じてください。すると楽です。人間というのは弱いものです。何かちょっと不幸があると、そこから立ち直れなくなる。何か信じるものがあると、そこで救ってもらえます。

人生ははかない。いくら財産があっても、あの世に持っていけるわけではない。だから人は、生きているいまの一瞬一瞬を、切実にひたむきに生きていこう。どんな環境にあっても、つねに一所懸命《いっしょけんめい》に生き、後悔をしてはならない。それがほんとうの意味での生きるということなのだ。

何でもすべて自分と同じようになってくれという要求をまず捨てて、全ての人間はみんな違うということを受け入れる。十人寄れば十人それぞれ個性があって、考えることも、感じることも、みんな違って、色とりどりなんだということをまず認めましょう。

そして自分のことを「わかってちょうだい、わかってちょうだい」と言って焦るよりも、まず自分が、自分以外の人のことをわかる人間になりましょう。「私はこう思うけれど、あの人はあぁ思っている。しかしあの考え方も、大きな観点に立って見れば、あってもいいことね」というふうに相手の考えや立場を理解しましょう。

愛は、平和と、幸福と信頼に支えられていると思うのは錯覚ではないだろうか。

愛は、闘争と、不幸と、不信と、猜疑《さいぎ》と嫉妬などによって、かえって、宝石のように、原石から美しく磨きだされるのではないだろうか。

これ以上長生きしたくないけれど、これぱかりは仏さままかせでわからない。自分の死ぬ日がわからないというのが、仏の罰か、慈悲か、不問のところが、やはり仏の慈悲なのであろうと思う。

いつから人は祈りながら道を歩くようになったのか。キリストの十字架を背負ったゴルゴタへの最後の道。釈迦の血を流しつづけながらのクシナガラへの最後の道。聖なる人も死に往く道はやすらかではなかった。それでも彼らは引き返そうとはしなかった。前へ前へ死地に向って歩き続けた。彼らはだれも裸足《はだし》で土を踏みつづけた。道はこうして造られた。

西行は死の数年前六十九歳の夏、東大寺の砂金勧進《さきんかんじん》のため、伊勢から陸奥《みちのく》の平泉への旅に発っている。途中、静岡県掛川の中山峠で、

　年たけてまた越ゆるべしと思ひきや　命なりけり小夜の中山

と詠んだ。命がけだった昔の旅にかけた西行の若々しい情熱が伝わってくる。死ぬその日まで、「命なりけり」と自分を励ましていくしかない。

人と自分を比べることはないんです。自分は自分、天下にかけがえのないただ一つの命で、天下にかけがえのないただ一つの人格だ、という自信を持てばいいんです。自分のどこが悪いのよと思えばいいんです。すると、その存在をそのままで愛してくれる相手が必ず出てきます。それはその人の評価だし、その人はそれで気に入ってくれている。だから、それでいいんです。

一寸先を私たちは見ることができない。一寸先に何が起こるかわかりません。

これを仏教では「無常《むじょう》」といいます。すべてのものは生滅《しょうめつ》します。そしてたえず変化して、定まりません。人の世は変わりやすく、はかない。無常の世の中ですから、いくらがんばって努力しても、仕方のないことがあるのです。

その時に、じゃあどうしたらいいかという時にこそ、自分を無にして祈ってください。

神様、仏様、何の理由で私がこういう目に遭うのかわかりませんけれど、どうぞ御心《みこころ》のままにお守りくださいと、心を無にして、神仏の御心にまかせて祈ってください。

何かほんとうに困ったときに、ふっと助かることがあるでしょう。一瞬の差で生命が助かったりすることがあるでしょう。

それは、先に亡くなったあなたの愛する人が、守ってくれたのだと思います。一瞬の差でけがをしなかったとか、転んでもたいしたことがなかったとか。そういうときに「あっ守ってくれたんだな」と思ってください。

人間がああしなさいこうしなさい、なんて言うことはあまり信じなくなりましたね。宇宙があって、地球があって、どの星も落ちてこないし、太陽も月もぶつからない。星座は星座でちゃんとある。不思議だなあと思います。そういうものを司《つかさど》ってる何かがあるのです。

人は、やはり他人に理解してもらえているから生きていられるのです。ひとりも自分を理解してくれる人がいなかったら存在できないでしょう。だから、まわりから無視されると非常にやり切れなくなるでしょう。それは無関心にされることが辛いんです。人間はみんなと一緒に生きていたいから、自分だけ無関心にされて、相手にされないといたたまれなくなってしまう。いちばんひどいいじめですよね。おまえはそこにいるけど、いないと同じだと言われるんだから、これはいちばんひどいと思います。でも、自分が強ければ、おまえたちは自分を理解できないんだ。そういう人たちはばかだ、と思えばいいんです。自分はきちんとしている、おまえたちがおかしいんだ、程度が低いんだと思えばいい。そこまで強くなるのは難しいことですけれど。それでも、やはり人は、自分を理解してくれる人を求めるのだと思います。

やればやるだけ、もっと核廃棄物は増えていく。未来へのつけにしちゃうってことになってしまいます。もう一回日本で核事件があったら滅びますよ。そもそもね、日本は広島・長崎で被爆しているのよ。世界で唯一の被爆国がなぜこんな核を増やす選択をしているのかしら？　なんにも学習していないの？

『釈迦』を書いたとき、もう最後のつもりで書いたんです、ほんとうに。小説はこれでもう結構と。打ち上げ、という感じです。ところが煩悩《ぼんのう》が強うございますから、終わったらまた次、なんて考えになるんですね。情けない。まさに煩悩無尽《ぼんのうむじん》です。髪は剃っても翌日になると生えている。ほんとは今、小説以外に、新作能や歌舞伎の台本やオペラを書いて楽しくってならないんです。次は浄瑠璃《じょうるり》もかかえています。人間いくつになっても自分の中に何があるかわからないところがおもしろいですね。七十代の終りからこんなことをしています。人間ってほんとに摩訶不思議《まかふしぎ》なものですね。複雑で豊かです。まさしく「人の命は甘美なものだ」というお釈迦さまのお言葉通りです。

だれもがみんな超える苦しみなのだから、自分にできないわけがないと思うことで、スッと楽になることがあります。心の葛藤で身もだえするような時には、ぜひ、自分だけが辛いのではないと心の中で唱えてみてください。そして目には見えない神や仏や先祖の霊にお助け下さいと祈りましょう。

また花が咲きますよ、根がしっかりしているから大丈夫。見返してやりなさい。

自分であれこれ思い悩んでも、人の力でできることは、たかがしれていま す。しかし、仏さまに任せきっていれば、悪事や恐怖は自然に遠ざかって いきます。出家のときに断ち切った煩悩《ぼんのう》に火がつくことはありません。私 は仏さまの子となることで、決して揺るがぬ自信を手に入れることができ ました。余生を生きるのがとてもラクになり、毎日が楽しくなったのです。

自分の欲望のままに動くということを自由と思ってはいけません。自由にはやはりちゃんとした規律があります。なにをしてもいいけれども、自分の自由によって人を傷つけたり、人を不幸にしたら、それはいけない。社会、人と人との関係、その規律の中での自由はなにをしてもいいんです。

皆さんの心の中で、この人にも仏様がいるんだ、いま、この人は鬼のような顔をして怒っているけれど、この人のなかにも仏様がいるのだと、思ってください。そして、こんな顔をしなければならないくらい辛《つら》いことがあるのだろうなと、思ってください。

その人をなんとか拝む気持ちになって、付き合ってください。

そうすれば、皆さんの周りが本当になごやかになります。

これはなかなか実行できないことです。

私もなかなかできません。笑いたくない時に、笑わなければならない。口元がこんなにゆがみます(笑)。

私はわりと笑顔がいいと思いますでしょう。これは本人が、その努力をしているからです。

好運は、陽気でユーモアが大好きだ。笑う門には福来たる。世の中、無理にももっと笑って、好運の連鎖反応が起きますように。

分からないことはいくら考えても分からないのだから、そんなことは考えずに、まず今の人生をしっかり考えようというのが仏教の基本です。死後の世界がどうなっているかは、死ねば誰でも分かること。だから生きている間はひたすら今、どうやって生きるべきかを考えなさいというわけです。しかし、そうは言っても、やはり気になるのが人間です。考えるなと言われても、気になります。

生きていく意味がしっかりわかって生きている人間などいるのだろうか。
わからないから、未知の未来に夢が生まれ、生きる意欲が生じる。

世界中に何十億人もの人がいますけれども、あなたはたった一つの尊い命を持ってこの世に生まれてきたのです。世界に唯一人のあなたですから、大切な存在なのです。

そして、その存在は、自分を磨くだけではなくて、自分を磨いたその灯火でもって、周りを照らすのです。闇に苦しんでいる人々を照らすのです。あなたは、そういう力のある存在なのです。いろいろと悪いことをする人は、うじゃうじゃいます。毎日の新聞を見ますと、もううんざりします。ですけれども、それは人間のホンの一部です。新聞に出ない人、テレビに出ない人、そのたくさんの人が真面目に働いて、こっそりと人に親切にして、人のために生きています。

私、今や欲望ってないんです。お金も欲しくない、名誉ももう要らない。持ち物も何もない。色気もないですよ。だから煩悩《ぼんのう》はすべて捨て去ってる。でも、最後に物を書く煩悩だけはまだ残ってるんですよ。これがだんだん浅ましくなってきて、もういいじゃないかって思うのだけど、まだまだという気持ちが少し残っているんです。

元気な時は「早く死にたい。早く死にたい」なんて口癖のように言っていたのですが、助かってよかったと喜んでいるいまの自分がいて、自分は本当は死にたくないんだな、まだ生きていたいんだなって思いました（笑）。神も仏もあるものかと思っていたのに、やっぱり神様も仏様もいらして、私のことを守ってくださったと感謝感謝でね。私はもうしょっちゅう考えが変わるんですよ。

日本がこれほど駄目になったのは、戦後五十数年、ただ目に見えるものだけを追っかけてきたからなのである。目に見えないものとは何か。神であり、仏であり、宇宙の生命である。そして人の心である。

どこの国にも、どこの人種にも聖地への憧れの旅がある。巡礼と名づけ人々は往く。日常の生活を逃れ、非日常の時を夢見て。今日も明日も彼らは歩く。わたしたちは歩く。

大きな問題にたいして自分がなにもできないと思うことがあっても、たとえば戦争反対という気持があるなら、自分の一票がなんの役にも立たないと思っても、自分は反対という意思をつねに表明すべきなんです。それを黙っていたら、賛成のほうに入ってしまうんです。だから、みんなが賛成しても私は嫌だと思うのであれば、そのことを勇気を持って表明すべきです。

いざとなると、人間は本性が出る。本性の尊さも卑しさも、かくしようなくあらわれる。何の宗教に属していようが、人を殺せと命じる宗教などあるはずがない。あるとすれば、それこそ邪教である。

五十一歳の秋、出家して以来は、釈尊の教えに忠実であろうとしてきた。

釈尊の教えの仏教では、

「殺スナカレ、殺サセルナカレ」

と教えているし、

「怨みにむくいるに怨みを以てすれば怨み尽きることなし」

と教え、怨みには徳を以てせよと教えている。仏教徒としての私は、それを守り、人に伝えればいいのだと信じてきた。

死後の世界があるか無いかを論じる前に、自分は何者として生き、死に行く時は、何者として死にたいのかという問が自分に返ってくる。不治の病にかかり、死んでゆく人を気の毒だなど簡単に決められない。凝縮された死までの時間を、自分流に、なりたいものになりきって死んでゆく人は、むしろ羨《うらや》ましがられていい存在だと思う。

死なない秘訣とは、死んでもいい、と思いなさい、ということ。その代わり、今日したいことは今日しなさい。いつ死んでも悔いのないように、充実した生を送っていると、死は遠ざかります。何もしないで死にたくないとだけ思い詰めていると、死ぬんです。

お釈迦様も、こうおっしゃっています。

「過去を追うな、未来を願うな。過去は過ぎ去ったものであり、未来はまだ到っていない。今なすべきことを努力してなせ」（中部経典）

渇愛《かつあい》とは、肉欲の愛、自己愛のこと。
慈悲とは、お返しを求めない無償の愛のことです。
私たちは心のどこかに
慈悲の存在を置いておくべきだと思います。

私は得度した後で突然、目から鱗《うろこ》が落ちたように、自然が美しく見えてきたことを経験し、その感動はまだこと新しく、私の胸の中に脈うっていましたが、病気をして以来、私の目からまた鱗が落ちたような新鮮さで自然がよりいっそう光りかがやいてきたのでした。

幸せな方が観音様にお参りなさいますと、御利益をいただいて、もっともっと幸せになります。いま、悲しみを持っていらっしゃる方は、ここへ悩みも悲しみも棄てていってください。観音様がその悲しみや苦しみを全部集めて焚《た》いてくださいますから、なくなります。

「幸せなときには、ありがとう」

「苦しいときには、力をください」

「寂しいときには、聞いてください」

これは仏様の前に座って、仏様に向かって言っているのです。そして、最後に、

「地球のすべての人々が、いつも幸福で平和でありますように」と。

これを、ちゃんと声に出して言ってください。そうしますと、何か心が落ち着きます。安眠できます。それで、もし眠られなかったら……私に電話でもしてください。

「子どもたちが震えているなら温めてやればいい」って、たくさんの大人たちが思ってほしい。
理屈で説明をするのではなくて、
熱を与えてあげる。
自分の全身全霊の熱を与えて抱きしめてあげれば、
相手の心がどんなに頑《かたく》なであっても、
きっと打ち解けてくれるはずです。

小説を書き始める時は、必ずこれは成功すると自己暗示をかけることを私は実行してきた。それが外れたためしはまだない。

政官財の腐敗、子供の心の荒廃の原因を考えてみる時、今の日本には、ほとんどの人が、自分以外の、何か大いなるものの存在を信じなくなり、目に見えない聖なるものへの畏怖《いふ》の念を、全く失っているからではないかと思われる。

畏《おそ》れる心とはただ恐ろしがることではない。敬《うやま》い畏れるのである。目に見えない聖なるものに、常に自分の心のあり方や行いのすべてが見つめられているのだという、心の慎ましさを失ってしまったのである。

生きている限り、自分の可能性を拓《ひら》き続ける――。芸術家だけではありません。われわれは生きている限りは、いかによく生き、死ぬかという努力をしなければならないんです。

絵でも音楽でも陶芸でも料理でも、何でもいいんですよ。常に自分を高めることを忘れない。それが大切なんです。お習字でも、刺繍でも、何でも結構です。今すぐにでも好きなこと、新しいことに取り組んでください。

そうすると、必ず自分でも思いがけなかった新しい境地が開けると思います。

自然の摂理とはとりも直さず、目に見えぬ神や仏の摂理であろう。み仏のはからいは私たちの身の回りに充満している。赤ん坊が生まれ、老人が死ぬのも、それであり、筍がのび、のびた今年竹が自分で皮を落として、裸になっていくのもそれであろう。蟬や蛇が皮をぬぐのもそれである。思えば世の中には、こうして生かされているという事こそ、最も大きな摩訶不思議ではある。

人はいかに生きるべきか。

仏教は生命の哲学である。

人間の弱さ、醜さ、愚かさもすべて受け入れて尚、人間をいとおしいものとされる釈尊の慈悲の大きさに触れることが信の発心《ほっしん》である。

お釈迦さまが嘘をつくなとか、男女交わるなとか、そういうことはいろいろおっしゃっていますが、人間が全部は守れないということを知っていて、それでも守ろうと努力しなさいよ、と許してくれるつもりだったんじゃないかと思うんです。非常に都合のいい、虫のいい解釈ですけど。

この年になってようやく、私は「家族」の絆ということを考えさせられることが多くなりました。自分で断ち切った自分の家族の絆のことです。また生まれた家の、今は亡い家族たちとの絆です。人は死んでも血の絆は断てないのですね。それを考えると、何だか恐ろしくなります。生存の根源にまで想いがかけ上っていくようです。

本なんて今売れていても、私が死んだら、すぐに誰も読まなくなると思いましたし、自分だけが作家だと思っていても、世界の傑作のレベルから見ればどんなにちいちゃなものかということは、人に言われなくても自分でわかります。

その虚しさをどうして解決したらいいかと考えたときに、自殺してもいいと思いました。欲しいものを全部手に入れた後ですから、もう死んでもいいと思ったのです。

けれども、死ぬ気になって何かをすれば、違う人生が開けるのではないかと考えました。そして、出家するということは、――これは私一人の解釈ですけれども、生きながら死ぬことだというふうに解釈しました。生きながら死んでみようと思って、出家しました。

仏教では三世の思想といいますね。過去世は無限の遠い過去で、それから来世もはかり知れない無限の長い長い来世だと。そして現世というのはもうほんとうにわずかな、たかが百年ですから、サンドイッチのハムよりももっと薄い、そういう瞬間の時間と思えば、やっぱり私たちは記憶にはないけれども、もう忘れてしまった長い長い過去世を生きてきて、それで現世に来て、また無限の来世に行くんだと思ったほうが、この現世の苦しみに耐えることができるんじゃないですかね。この世はほんとうに苦しいですから、それに耐えていくには、やっぱり来世があると思うほうがまだ何か慰められますね。

大いなるものは目に見えない。目には見えないけれど、たしかにあるもの。それは宇宙の生命みたいなものだと思います。キリストと呼ばれたり仏陀と呼ばれたり、あるいはマホメットと呼ばれたりするそれは、私はひとつだと思います。目に見えない宇宙の大いなる生命、それに向って全身全霊をあげて祈れば、その祈りはかなえられる。いまの私はそう信じています。

私は、地獄はないものと考えているんです。ごめんなさいという懺悔《ざんげ》をすれば、阿弥陀さまが迎えに来てくれるから、許してくれると思うと話してます。ただ、懺悔というのは、ごめんなさいでは済まなくて、全身の毛穴から血が噴き出るような真剣な懺悔でないといけないと言っています。そんな懺悔はとてもできませんけど、真剣にごめんなさいと謝って、犯した罪を認めたら、阿弥陀さまの誓願によって極楽へ連れていかれるそうだというふうにお話しています。

明日生まれる新しい年は、過ぎ去ったこの年がなければ生まれて来ない。万物流転、ぱんたらい、とつぶやきながら、人は新しい年を平然と迎えてゆく。

九〇歳まで生きてつくづく思うことは、

「生きるということは行動することだ」ということです。

どうか皆さん、行動を起こしてください。

頑張って恋をして、そして革命を起こしてください。

青春とは何か？　恋と革命です！

【出典一覧】

書籍（五十音順）

「愛する能力」　講談社
「明日は晴れ」　光文社
「あなただけじゃないんです」　自由国民社
「あの世 この世」瀬戸内寂聴　玄侑宗久　新潮文庫
「生きてこそ」　新潮新書
「生きることは愛すること」　講談社文庫
「生きる智慧 死ぬ智慧」　新潮社
「いのちよみがえるとき」　NHK出版
「老いを照らす」　朝日文庫
「お守り 幸せ手帖」　朝日出版社
「95歳まで生きるのは幸せですか？」　瀬戸内寂聴　池上彰　PHP新書
「五十からでも遅くない」　光文社知恵の森文庫
「これからを生きるあなたに伝えたいこと」　瀬戸内寂聴　美輪明宏　マガジンハウス
「死ぬってどういうことですか？」　瀬戸内寂聴　堀江貴文　角川フォレスタ
「寂聴　愛を生きる」　だいわ文庫
「寂聴 あおぞら説法」Ⅱ Ⅲ Ⅳ　光文社

「寂聴辻説法」　集英社文庫
「寂聴仏教塾」　集英社文庫
「15歳の寺子屋　道しるべ」　講談社
「瀬戸内寂聴の人生相談」　NHK出版
「残されている希望」　NHK出版
「ひとりでも生きられる」　集英社文庫
「若き日に薔薇を摘め」　河出書房新社
「私の夢 俺の希望」　瀬戸内寂聴　義家弘介　PHP研究所

新聞
朝日新聞「寂聴　残された日々」2015／12／15～2016／7／8

雑誌
『the寂聴』　第1、2、3、5、8、9、10号　角川学芸出版
『婦人公論』　瀬戸内寂聴　希望のことば77　2015／1／15号増刊　中央公論新社
『婦人公論』№1449（2016／6／14）№1481（2017／10／24）中央公論新社
「女性自身」　2011年11月8日号　光文社

●本書は、瀬戸内寂聴氏の右記の著作をもとに、著者ご自身が加筆・再構成したものです。
作品の中には品切れ、絶版になっているものも一部ございます。

瀬戸内寂聴（せとうち じゃくちょう）

1922年 徳島県生まれ。 東京女子大卒。 1957年「女子大生・曲愛玲」で新潮同人雑誌賞。1961年『田村俊子』で田村俊子賞。1963年『夏の終わり』で女流文学賞を受賞。1973年に平泉中尊寺で得度、法名寂聴となる。1992年『花に問え』で谷崎純一郎賞。1996年『白道』で芸術選奨文部大臣賞。2001年『場所』で野間文芸賞。 2011年『風景』で泉鏡花文学賞を受賞。1998年『源氏物語』現代語訳を完訳。 2006年 文化勲章受章。2017年度 朝日賞受賞。
近著は小説『いのち』（講談社） エッセイ集『花のいのち』（講談社）ほか

愛《あい》することば あなたへ

2018年5月30日 初版第1刷発行
2018年9月25日 第4刷発行

著者 瀬戸内寂聴《せとうちじゃくちょう》
装幀・デザイン 鈴木マサユキ
構成 杉岡 中
業務／服部泰基 校閲／小林 健 販売／高橋恒星 遠藤 譲 宣伝／伊藤亜紀子

発行者 田邉浩司
発行所 株式会社 光文社
〒112-8011 東京都文京区音羽1-16-6
電話 編集部 03-5395-8172
書籍販売部 03-5395-8116
業務部 03-5395-8125
メール non@kobunsha.com

落丁本・乱丁本は業務部へご連絡くだされば、お取り替えいたします。

組版 堀内印刷
印刷所 堀内印刷
製本所 榎本製本

ISBN978-4-334-95022-4